Ce livre est mis en page afin de faciliter la lecture.
Comment ? Voici quelques explications :

Qu'est-ce que la syllabation ?

La syllabation est un outil efficace d'aide à la lecture pour les enfants qui apprennent à lire ou qui se trouvent en difficulté. Elle permet de faire plus facilement le lien entre l'oral et l'écrit. Les syllabes sont identifiées grâce à une alternance de couleurs, les lettres muettes sont signalées et les liaisons obligatoires sont mises en évidence.

Mise en page

La police a été choisie pour sa lisibilité.

1 couleur = 1 syllabe prononcée : chambre

Les lettres muettes sont soulignées : aujourd'hui

Les liaisons obligatoires sont indiquées : vous êtes là ?

L'espacement entre les mots et entre les lignes est augmenté.

VANINA NOËL . LÉO MÉAR

Œuf de dragon
et autres étrangetés

CHAPITRE 1

LA MAISON AU FOND DES BOIS

— Tom ! Enzo ! Vous êtes là ?

Léa, seule au milieu du chemin, scrute la forêt à la recherche de ses frères. Ils sont incorrigibles, vraiment ! Il a suffi qu'elle tourne la tête deux minutes pour qu'ils disparaissent dans l'épaisseur du bois de châtaigniers, la laissant toute seule et un peu perdue.

— Tom ! Enzo ! Vous n'êtes vraiment pas drôles !

Dire que Tom est l'aîné ! Il pourrait être plus responsable, tout de même ! Au lieu de cela, c'est un garçon immature, qui ne pense qu'à jouer au foot, faire des blagues nulles et désobéir. Quant à Enzo... comme il est encore jeune, on lui pardonne.

Seule dans la forêt, même si elle ne l'avouera jamais, Léa commence à avoir un peu peur. Si bien qu'elle sursaute lorsqu'elle entend retentir son nom :

— Psst, Léa ! Viens par ici ! On a trouvé un truc épatant ! Viens, je te dis ! Tu ne vas pas en croire tes yeux !

La fillette soupire. Avec eux, on peut s'attendre au pire... Mais est-ce qu'elle a le choix ? Résignée, elle suit ses frères qui la conduisent à travers les ronces. Ils enjambent des orties, se font fouetter le visage par de longues branches de noisetiers, tirer les cheveux par les jeunes sapins qui bordent le chemin. Et tout cela pour quoi ? Eh bien, pour une chose qui, il faut bien l'admettre, est épatante !

Au beau milieu d'une clairière, les garçons ont trouvé une maison sinistre, toute biscornue, au toit de chaume et aux murs tordus. Une vraie maison de sorcière ! Sauf que les sorcières...

— ... ça n'existe pas, hein ? demande Enzo, tout tremblant, du haut de ses huit ans et demi.

— Pff, mais non ! le rassure sa grande sœur.

Tom, lui, ne se pose aucune question et, d'un geste décidé, il pousse la porte qui, en s'ouvrant, fait le même bruit que son père quand il ronfle. Flippant.

Ce qu'ils découvrent à l'intérieur est à peine croyable. La décoration est rudimentaire, le mobilier aussi : un vieux lit à baldaquin, un portrait de petite fille vêtue de rouge, une paire de lunettes cassée. Sur une table en bois, un panier d'osier contient un pot de beurre rance et nauséabond et une galette moisie. Un petit mot manuscrit oublié sur le buffet rappelle : « Réparer la chevillette ».

— On est chez la grand-mère du Petit Chaperon rouge ! s'exclame Léa.
— Qu'est-ce qui te fait dire ça ? demande Tom.
— Une intuition, répond la fillette, avant d'ajouter : Je ne savais pas qu'il existait autant de poussière sur terre !

En effet, la maison parait être à l'abandon depuis des siècles et un coup de balai ne serait pas de trop. Chaque chose est recouverte d'une fine pellicule grisâtre qui donne à l'ensemble une apparence tristounette de maison de poupée endormie. Mais lorsque Enzo souffle dessus...

— Ouah ! Regardez ça ! C'est de la poussière d'étoiles !

— De la poussière d'étoiles ? Qu'est-ce que tu racontes ? s'étonne Tom.

Étoiles ou pas, il y a quelque chose de magique dans cette poussière, car un petit tourbillon de paillettes multicolores s'élève vers le plafond, et le mobilier retrouve ses couleurs comme par enchantement : l'édredon arlequin qui recouvre le lit, le petit tapis chamarré, la marmite de bronze qui attend dans l'immense cheminée...

Près d'une table, dans un coin de la pièce, sont alignés plusieurs coffres, fermés par de gros cadenas. Tom essaie déjà de les forcer : rien à faire, ils sont bloqués. Sauf un, dont la serrure est si rouillée qu'elle se casse dès qu'il la touche.

— Venez voir ce que j'ai trouvé !

C'est un sacré bazar dans ce coffre. Des vieilleries, des vieilleries, et encore des vieilleries. En farfouillant un peu, Léa sort un livre. Il est repoussant de saleté, mais sa couverture en cuir est incrustée d'inscriptions en métal précieux et il pèse à peu près une demi-tonne.

— Un grimoire !

Tom cherche lui aussi un objet à emporter. Il se décide finalement pour une paire de bottes beaucoup trop grandes pour lui.
— De vraies bottes de pirate !

De pirate ou de mousquetaire, difficile de dire à quoi elles ressemblent le plus. En tout cas, ce sont de très belles bottes, qui sentent le cuir et un peu la moisissure.

Enzo ne sait pas quoi choisir, mais il veut lui aussi un souvenir de cet endroit. Il soulève tout, extirpe du coffre des objets insolites, qui probablement n'existent nulle part ailleurs. Soudain, ses doigts rencontrent la surface dure et lisse d'un petit objet ovale, d'un blanc un peu laiteux, strié de vert.

— Je prends ça ! déclare l'enfant, sans trop savoir pourquoi.

CHAPITRE 2

ÉTRANGES DÉCOUVERTES

— Vous avez fait une belle promenade, les enfants ? demande Maman à leur retour.

Car la balade forcée, c'était son idée. Un remède contre les écrans, selon elle. Elle leur a expliqué que lorsqu'elle était enfant, elle allait souvent avec ses sœurs dans les bois, pour ramener des trésors dont elle faisait des herbiers. Tom ricane en y pensant : lui, faire un herbier ! Mais il faut admettre que pour ce qui est des trésors, ils ont de quoi être contents, et Maman, pour une fois, a eu une bonne idée de les envoyer dehors.

Sans perdre un instant, chacun file dans sa chambre pour examiner sa trouvaille, et bientôt il règne dans la maison un calme louche mais reposant.

Léa, tout excitée, s'assied en tailleur au milieu de sa chambre, tandis que Paprika, le gros matou tigré, accomplit sagement ses quinze heures de sieste quotidiennes.

La fillette ouvre le grimoire : quelques paillettes, les mêmes que tout à l'heure, s'en échappent en tournoyant. Les pages jaunies par le temps sont recouvertes de lettres gothiques à l'encre noire.

— Superbe ! On dirait un livre du Moyen Âge !

Cependant, le contenu est décevant. Cela ressemble à un lexique : le texte est séparé en deux colonnes : celle de gauche dresse une liste d'expressions et de phrases toutes faites en vieux français, celle de droite leur traduction en... autre chose. La première page porte en titre le mot « Chat ».

Machinalement, Léa se met à déchiffrer à voix haute les syllabes étranges qui s'étalent devant elle. C'est alors qu'il se passe une chose incroyable...

Sur le lit derrière elle, Paprika ouvre un œil. Mais ce n'est pas tout : passé ce premier exploit, il se lève péniblement sur ses grosses pattes et, en rythme avec la voix de Léa qui scande les syllabes, le matou se met à danser un rock endiablé, qu'il termine par un double salto. Puis, toujours debout sur le lit, il lève en l'air ses deux pattes, semble montrer un nombre de griffes, comme s'il répondait à une question. Léa, qui tourne le dos, n'a rien vu.

— Pff, nul ce livre ! Je n'y comprends

rien.

Soudain, un bruit épouvantable ébranle la maison. D'un bond, Léa sort de sa chambre et croise dans le corridor Enzo, affolé :

— Je crois que ça venait de la chambre de Tom !

En une seconde, les deux enfants sont dans la chambre. C'est un désastre. L'armoire de Tom est tombée, se vidant de tout son contenu, dont sa fameuse collection de deux-mille-huit-cent-quarante-trois billes. Tom, à terre, se frotte le front. Il est en chaussettes et les deux bottes ont l'air d'avoir été

propulsées contre le mur.

— Qu'est-ce qui s'est passé ? s'inquiète Enzo.

Tom, un peu hébété, bredouille :
— Je ne sais pas... mais je crois... que les bottes sont vivantes !

Léa éclate de rire.

— Je les ai enfilées, et immédiatement j'ai fait un bond incroyable et je me suis presque assommé au plafond ! Léa, arrête de rire ! Si tu ne me crois pas, explique-nous pourquoi et comment j'ai fait tomber l'armoire !

Enzo s'est assis et inspecte les bottes.

— Si on allait les essayer dehors, pour voir ?

Aussitôt dit, aussitôt fait. Adossé au tilleul, droit dans ses bottes, Tom n'ose pas bouger. Son frère l'encourage, sa sœur le défie.

— Allez, vas-y, quoi ! Ne me dis pas que tu as peur de marcher !

Alors le jeune garçon se lance... c'est le cas de le dire ! Au premier pas, il décolle de plusieurs mètres et fait un bond d'une longueur prodigieuse ! Au deuxième bond, il a disparu derrière le pâté de maisons. Enzo est abasourdi.

— Mince alors, où est-ce qu'il est passé ?

Léa ne répond pas, elle est bouche bée, immobile, pétrifiée par la surprise. Mais soudain la voix de Tom leur parvient et se rapproche :

— Aidez-moi, je n'arrive pas...

Trop tard, il est déjà loin. Il a le temps de faire plusieurs allers-retours, sans que Léa ne bouge d'un millimètre.

Finalement, un terrible « splash » signale qu'il a réussi à s'arrêter. Dans la piscine des voisins. Quand il traverse le jardin les bottes à la main, les cheveux ruisselants et le pantalon collé aux jambes, il n'a pas l'air de très bonne humeur. Il rentre à la maison sans faire de commentaire. Enzo le regarde passer, secoue un peu sa sœur qui parvient enfin à fermer la bouche et chacun retourne dans sa chambre.

Perplexe, Enzo observe le truc bizarre qu'il a sorti du coffre. À première vue, ça ressemble assez à un œuf. Oui, mais un œuf de quoi ?

Il n'en a jamais vu de semblable. Y a-t-il vraiment une bestiole vivante à l'intérieur ? Le seul moyen de le savoir, c'est de s'en occuper comme d'un œuf normal et de voir ce que ça fait.

Léa, consultée pour son intelligence, a évidemment réponse à tout :
— Un œuf a surtout besoin de chaleur. Le mieux, certainement, serait de le couver. Mais je ne te le conseille pas. Trouve un autre moyen de le garder bien au chaud.

Enzo court chercher une petite couverture, qu'il dépose sur le radiateur allumé à fond.

Puis il y enroule son œuf. Maintenant, il

faut patienter. Combien de temps ? Léa n'a rien dit à ce sujet.

Chapitre 3

Le mystère de l'œuf

Deux jours passent, et toujours rien. Ou plutôt si : Enzo transpire à grosses gouttes, car le printemps s'annonce superbe, et le radiateur à fond... ce n'est pas une très bonne idée.

Paprika a un comportement étrange ces derniers temps, il suit Léa partout et, lorsqu'elle récite l'espèce de charabia qu'elle a appris dans son livre, le chat parait comprendre. Et il est bien le seul.

La fillette a décidé de profiter du beau temps, et c'est assise sur une souche au fond du jardin qu'elle ouvre son livre au hasard. Le titre indique un seul mot : « Oiseaux » (mais très bien écrit, avec une jolie majuscule). Alors, elle commence à déchiffrer cette nouvelle page.

Enzo, lui, pour s'occuper, attrape le dernier livre offert par sa tante et découvre ainsi les aventures du Petit Poucet. Soudain, un objet non identifié passe à une allure folle devant sa fenêtre, enjambe la haie et s'écrase contre un platane cent mètres plus loin. Tom, probablement.

Enzo reprend sa lecture, quand tout à coup arrive l'explication tant attendue ! Il court dehors, le livre à la main, en hurlant :

— Tom, Tom, reviens !

— J'essaie !

— Non, tout compte fait, reste où tu es, j'arrive !

Le petit garçon, triomphant, montre à son frère une illustration sur laquelle le Petit Poucet, chaussé de bottes gigantesques, saute par-dessus des montagnes.

Tom n'en revient pas : ce sont ses bottes ! Des bottes magiques, ayant

appartenu à un ogre et sorties d'un conte de fée exprès pour lui ! Du délire.

— Ce sont des bottes de sept lieues ! explique Enzo. À chaque pas, tu peux faire jusqu'à trente-cinq kilomètres !

Trente-cinq kilomètres... mais ça ne nous dit pas comment faire les quinze mètres qui séparent Tom de la maison. Il n'insiste pas et rentre en chaussettes.

— Tiens, il se passe quelque chose dans le jardin.

Une nuée d'oiseaux obscurcit le ciel, on dirait un énorme nuage noir, qui fonce droit sur la maison !
Les oiseaux, les uns après les autres, se posent, envahissent les arbres, la clôture. Debout sur une chaise, Léa lit sans s'arrêter et les volatiles paraissent très attentifs, puis ils décident de répondre... tous en même temps !
— Quelle horreur, s'écrie Enzo, on dirait une chorale de sifflets !

Heureusement, la plupart reprennent vite leur envol. Il n'en reste plus qu'une dizaine, qui discute avec Léa.
— Incroyable ! s'écrie Enzo. Le livre de Léa est un dictionnaire pour parler avec

les animaux !

Le jeune garçon rentre et s'écroule sur son lit, dépité. Tom et Léa ont vraiment trop de chance.

Mais il a vite fait de se ressaisir : sur le radiateur, la couverture est ouverte et des éclats de coquille gisent sur la moquette ! Tout excité, il cherche partout et finit par découvrir, dans un coin, une toute petite boule d'écailles, recroquevillée sur elle-même. Il la prend dans sa main :
— Eh bien ça alors !

C'est... incroyable ! Dément ! C'est...

aucun doute, c'est un bébé dragon !
Il a deux petites ailes vertes et son dos brille à la lumière. Il émet un tout petit cri qui doit signifier qu'il a faim !
Mais... ça mange quoi, un dragon ? Enzo court jusqu'au congélateur et attrape tout ce qu'il trouve : steaks, poisson, haricots verts. Bien sûr, c'est un peu froid... pas de problème : avec le radiateur à fond, cela devrait vite se réchauffer.

— Tom ! Tom ! Tu es déjà reparti ?

Au milieu du jardin, Enzo appelle de

toutes ses forces, dans toutes les directions.

— C'est pas bientôt fini ce raffut ? crie Léa.

Oui, c'est bien Léa qui se permet de se plaindre ! On croit rêver !

— Je ne sais pas où est Tom, et j'ai besoin de lui !

— Pff ! Pourquoi tu ne me demandes pas ?

Elle ajoute avec un air de supériorité :

— Tu ne sais donc pas que je peux parler à toutes les créatures vivantes ?

Elle se met à siffler, et à marmonner, et une dizaine d'oiseaux envahissent le jardin.

— Mais pourquoi y a-t-il autant d'oiseaux ?

— Les pauvres, leurs nids ont été détruits ! Je leur ai dit que j'espérais que tout se passe pour le mieux et ils ont compris qu'ils étaient ici chez eux. Parler oiseau, ce n'est pas très difficile, mais ils ne comprennent pas tout. Ils ont un tout petit cerveau tu sais !

Léa sifflote quelques instructions. Les oiseaux écoutent, puis partent tous dans des directions opposées.

— Je leur ai demandé de ramener Tom.

Pourtant, lorsqu'ils reviennent, ce n'est pas Tom qu'ils ramènent, mais... des kilos de pommes, qu'ils lâchent sur les deux enfants, qui ont juste le temps de s'enfuir.

Tom rentre peu après et Enzo peut enfin lui montrer son trésor.

— C'est dingue ! Un vrai dragon !

Tom n'arrive pas à détourner son regard. Il répète comme un idiot :

— Un vrai dragon ! Tu en as de la chance !

— Tu parles ! Si Maman le trouve, elle

va vouloir s'en débarrasser ! En plus, il mange comme quatre et je ne sais plus comment le nourrir !

— Ne t'en fais pas ! Dès demain, j'irai pêcher dans l'océan de beaux poissons. Il va se régaler !

Maman aussi est rentrée. Mais elle est très en colère et ne fait que hurler.

Le jardin est rempli de pommes écrasées, le toit est couvert d'oiseaux qui font leurs besoins le long de la façade, il fait soixante degrés dans la chambre d'Enzo et le congélateur est vide ! Et bien évidemment, personne n'a d'explication !

Papa, bien sûr, le père le plus cool du monde, ne comprend pas où est le problème. Maman bouillonne, mais n'ajoute rien.

La punition, c'est à l'heure du repas que les enfants la découvrent :

Entrée

Salade verte

et dés de pommes au vinaigre

Plat

Pomme au four

sur lit de pommes vertes

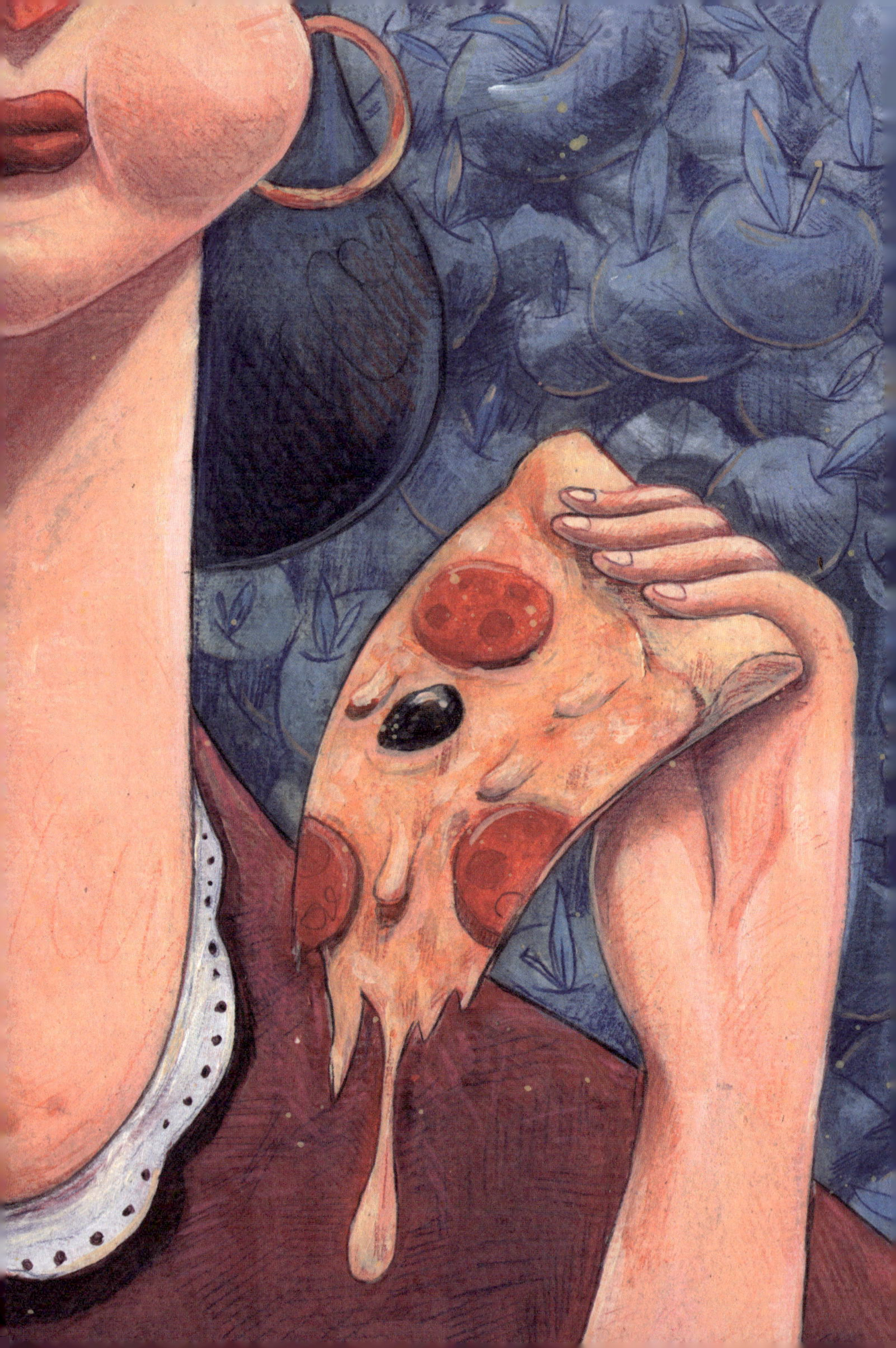

et sa garniture de pommes écrasées

Dessert

Pomme

— Pour ceux qui ont encore faim, il y a des pommes sur la table, ajoute-t-elle en avalant la pizza qu'elle s'est commandée.

Une semaine plus tard, Dragounet, comme l'a prénommé Enzo, a déjà la taille d'un chien. Il mange de plus en plus ; heureusement, Tom fait des réserves.

Son contrôle des bottes n'est toujours pas au point, il ne sait jamais où il va, mais il fait avec.

Jusqu'à présent, il a toujours réussi à rentrer, c'est l'essentiel. Parfois il part des journées entières et quand il revient, il a plein d'anecdotes à raconter. Des histoires merveilleuses, dans des endroits féériques.

Léa a dit à Enzo de ne pas croire tout ce qu'il dit, parce que c'est un peu gros quand même. Et puis, personne ne peut vérifier.

Parfois, on arrive à identifier le pays

d'où Tom revient, grâce à Léa, qui a beaucoup de culture générale.

Quand il a rapporté un panda, elle lui a expliqué qu'il avait dû aller en Chine. Puis elle lui a fait promettre de raccompagner l'animal chez lui. Le garçon a promis, mais depuis, on n'est pas très surs que le panda ait bien rejoint l'Empire du Milieu.

En tout cas, il rapporte toujours à manger et Dragounet n'est pas difficile, il mange de tout. Vraiment de tout.

Ce qui inquiète Enzo, c'est qu'il commence à crachouiller un peu de feu, rien de bien méchant, mais cela ne laisse rien présager de bon.

Chapitre 4

Un chien volant !

— Miiiiiaaaoouu !

— J'ai encore marché sur un chat ! se désole Enzo. Mais d'où viennent-ils, tous ces chats ?

— C'est un malentendu ! s'écrie Léa. J'ai dit à Paprika d'arrêter de laisser des poils partout. Je ne saurai jamais ce qu'il a compris, mais apparemment cela n'a rien à voir.

— Tu crois vraiment que tu as bien compris comment parler la langue ? Tu manques peut-être d'entrainement !

— Pas du tout ! Je suis très douée figure-toi ! Seulement, Paprika parle une espèce de dialecte populaire, alors, tu penses, il a du mal à comprendre le chat littéraire.

— Attends un peu que Maman voie ça ! Elle avait dit oui pour un chat et elle avait été déjà difficile à convaincre...

— Tu parles ! Je parie qu'elle préfère avoir dix oiseaux et cinq chats plutôt qu'un dragon !

Ce que Léa ignore, c'est qu'elle n'a plus dix oiseaux... Mais très vite un cri strident se fait entendre dans toute la maison...

— Aaaah ! Qui a fait ça ?

Ça y est, elle a compris. Sur le perchoir qu'elle avait aménagé, se tient un genre de poulet grillé, figé sur place, qui se balance doucement au-dessus d'un tas de plumes carbonisées.

— Mince ! s'exclame Enzo, on dirait que Dragounet sait cracher du feu maintenant.

Là, on peut dire que les ennuis commencent !

Heureusement, Maman n'a toujours rien remarqué, sinon que les enfants sont plus turbulents que d'habitude (« pas turbulents : épanouis » a dit Papa pour la calmer). Il faut dire qu'elle part très tôt le matin, rentre assez tard dans la journée et est très fatiguée ; pas étonnant que certaines choses lui échappent.

Quant à Papa, le monde pourrait s'écrouler, rien ne lui semblerait anormal. Maman, ça l'embêterait un peu plus. Mais ce soir, elle est heureuse :

— Enfin la rentrée des classes ! chantonne-t-elle. Il était temps : la maison ressemble à un champ de bataille !

C'est vrai. En plus des fientes d'oiseaux, les rideaux sont lacérés, les plantes dévorées, la moquette saccagée, car les chats de Léa sont très mal élevés. Si l'on ajoute le ouistiti qui se balance au lustre... oui, le ouistiti. Cette fois Léa n'y est pour rien. Pour presque rien. C'est Tom qui l'a rapporté sans faire exprès d'un pays inconnu. Léa a essayé d'expliquer à l'animal qu'il ne pouvait pas rester, mais comme elle n'est pas sure que Tom puisse le ramener chez lui, elle a cédé. De toute façon, le ouistiti n'avait rien compris. Pas très malins, les ouistitis.

Enzo est inquiet, mais pour d'autres raisons.

— Comment faire ? Je ne peux pas laisser Dragounet tout seul à la maison, il détruirait tout et maman se douterait de quelque chose. Et je ne peux pas l'emmener à l'école !

Les deux garçons implorent Léa de leur venir en aide, mais la fillette pleure encore son poulet grillé. Pardon, sa mésange. Et elle est rancunière, Léa.

— Débrouillez-vous. Je m'en fiche, moi ! Si maman le trouve, votre horrible monstre, j'espère qu'elle en fera des brochettes, avec des poivrons et du chorizo !

— Tant pis pour toi, répond Enzo.

Je vais être obligé de le laisser à

la maison, seul au milieu des chats, des oiseaux et de tous tes autres trucs...

Léa vient de changer d'avis. Brusquement, comme ça. Et elle a une idée géniale.

Les enfants passent la soirée à confectionner un déguisement : quelques bouts de tissu, un peu de couture et Dragounet ressemble à un chien ! Un gros, très gros chien, qui crache du feu... mais après tout, on ne connaît pas toutes les races de chiens, si ?

Quelle joie de retrouver ses copains ! Enzo a un tas d'histoires à raconter ! Pour une fois, il a passé des vacances géniales !

Quand il arrive au portail avec son chien, Enzo explique au concierge que ses parents travaillent toute la journée et qu'il n'a personne pour s'occuper de lui.

— Pas de problème, réplique le concierge, tu n'as qu'à l'attacher au portail, je lui apporterai des croquettes et de l'eau.

La journée passe lentement, pourtant mademoiselle Brindille, pour ne pas fatiguer ses élèves le premier jour, a préparé un cours ludique sur les animaux et leur habitat naturel.

Le hic, c'est qu'Enzo, les animaux, il en a par-dessus la tête. Et il sait parfaitement que leur habitat naturel, c'est la chambre de sa sœur. Il est quand même songeur quand il entend la prof affirmer :

— Aujourd'hui on voit de plus en plus de cas étranges. La semaine dernière, par exemple, on a découvert un panda en Afrique du sud ! C'est véridique : ils en ont parlé aux informations !

Enzo est fatigué, mais s'il disait qu'il

a passé la nuit à faire de la couture, personne ne le croirait. Il arrive à somnoler un peu en posant sa tête entre ses bras, avant d'être finalement réveillé par la cloche de la liberté.

Sitôt dans la cour, il réunit ses meilleurs amis et leur apprend l'incroyable nouvelle : il a un dragon ! Bien sûr, personne ne le croit.

— Vous n'avez qu'à me suivre !

En traversant la cour, ils passent devant Léa, qui fait sa maline. Elle siffle des choses entre ses dents, et une petite centaine de fourmis exécutent un numéro de cirque inédit. Les amis d'Enzo n'en reviennent pas.

— Quelle crâneuse ! s'exclame Enzo.

Mais au portail, c'est le drame : la corde qui retenait Dragounet est coupée net et le bout est tout brûlé. Le concierge affolé sort dès qu'il aperçoit Enzo.

Il est en caleçon. Un reste de pantalon brûlé lui tombe sur les chevilles, tandis qu'autour des bras, deux bracelets de laine rappellent qu'il y a quelques minutes il portait un pull.

— Ton chien est cinglé ! Rattrape-le et ramène-le chez toi en vitesse ! Je ne veux plus jamais le voir, tu m'entends ?

Soudain, des cris se font entendre d'un peu partout dans la rue. Les passants fuient, effrayés, tandis qu'un chien aux larges ailes vole à basse altitude, en crachant des flammes longues comme le bras.

— Vous me croyez maintenant ? demande Enzo, ravi.

Ses amis, eux, sont blancs comme des linges.

— Je... je rêve, bredouille Victor. Dis-moi que c'est une blague ! Regarde ce qu'il fait, arrête-le !

— Dragounet ! se fâche Enzo.

— Dragounet ? demande Victor, incrédule. Tu n'as pas trouvé plus ridicule comme nom ? Pourquoi pas Petit-Dragounito-tout-mimi ?

Dragounet est doté d'une force incroyable : il vient de s'amuser à arracher une borne d'incendie, et le jet d'eau qui lui a jailli dans la tête l'a calmé trente secondes.

Furieux, il a incendié quatre voitures, deux platanes et un caniche. Puis il a poussé des cris si horribles que tout le quartier est à présent dans la rue, et que l'on menace d'appeler la police ou l'armée.

— Léa, aide-moi ! crie Enzo.

— Débrouille-toi ! Tu n'as que ce que tu mérites !

C'est que Léa est très énervée : elle vient d'entendre quelqu'un dire qu'elle avait une famille de fous et qu'il valait mieux la laisser seule avec ses potes les fourmis. Elles sont là, d'ailleurs : douze-mille fourmis au garde-à-vous le long du trottoir, cela aurait de quoi impressionner, sans la concurrence d'un dragon destructeur qui s'amuse maintenant à allumer les arbres comme des bougies d'anniversaire.

— Léa, je t'en supplie, je rangerai ta chambre tous les jours si tu m'aides...

— Hum... Ok, je vais voir ce que je peux faire.

Léa attrape son livre, l'ouvre à la page « Dragon » et lit :

« Les dragons, ça n'existe pas. Voir serpents »

Ça promet. Mais contre toute attente, on dirait que ça marche... un peu. Les négociations sont longues et difficiles, mais Dragounet finit par se calmer, juste à temps. Au même moment, un char d'assaut vient de tourner à l'angle de la rue.

Le dragon se pose, se couche, docile, aux pieds d'Enzo, qui, l'air de rien, dit en lui caressant la tête :

— Je ne comprends pas : les labradors, c'est gentil d'habitude !

Les deux enfants font profil bas quand ils traversent la foule pour rentrer chez eux.

Quant à Tom...

— Où est Tom ? Je ne l'ai pas vu de la journée, tu l'as vu toi ?

Le voilà justement qui entre, avec un énorme sombrero sur la tête.

— Hola, je suis un peu en retard !

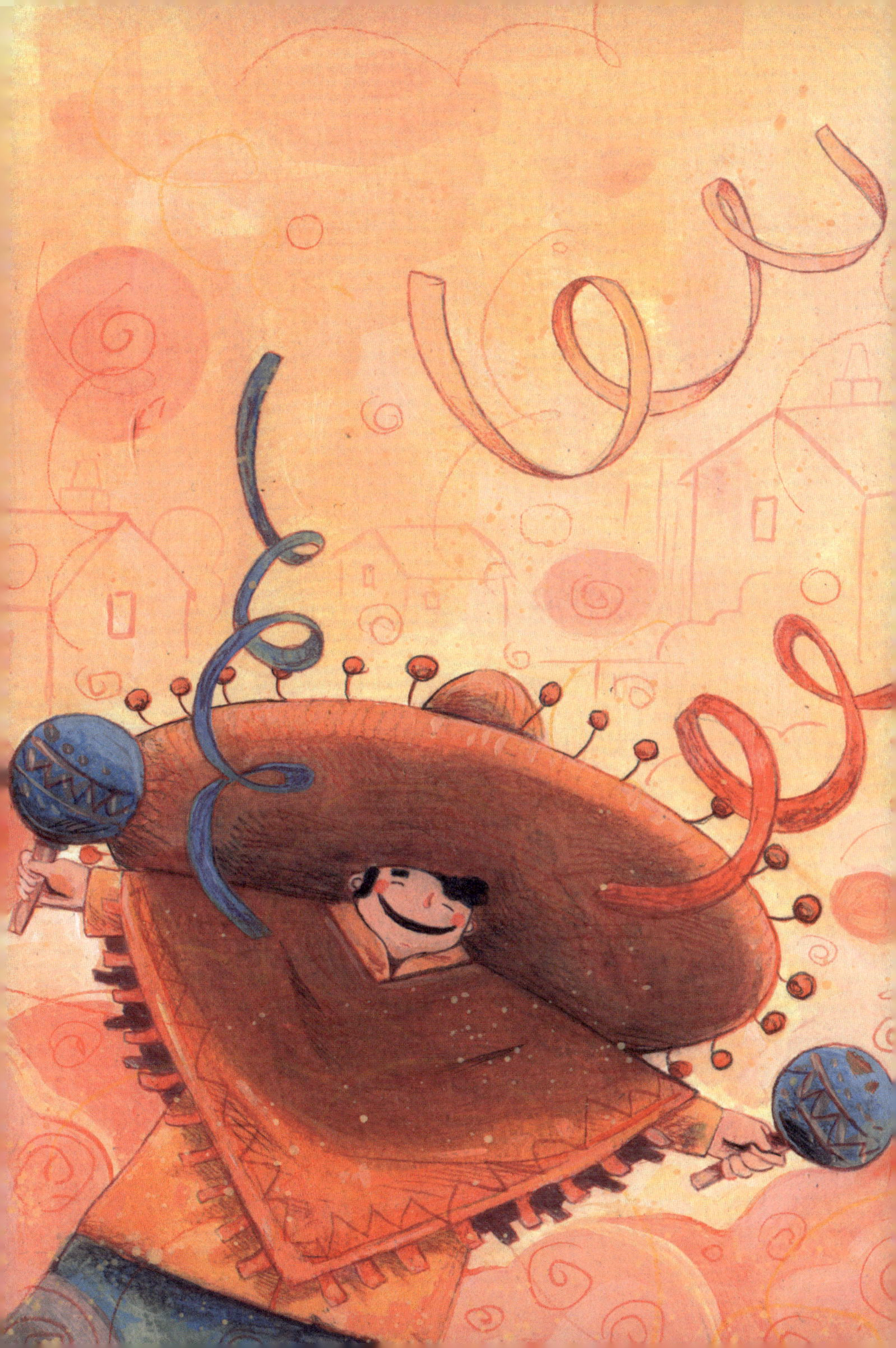

Je n'ai pas réussi à m'arrêter devant l'école ! J'ai donc suivi mes bottes. Elles ont stoppé devant une petite école de Mexico. Je m'y suis inscrit. C'est un peu pénible pour le décalage horaire, mais ça va.

Léa a vite fait de le mettre au courant des événements. Tom est d'avis qu'on se sépare de Dragounet.

— Jamais ! s'écrie Enzo. Vous ne pouvez pas me demander une chose pareille ! C'est mon dragon, je l'ai vu naitre, je l'ai vu grandir, vous ne vous rendez pas compte !
— Tu l'as vu grandir, d'accord... mais sa

naissance, c'était il y a quinze jours ! Tu t'en remettras, je t'assure !

— Qu'est-ce que c'est que cette ménagerie ?

Là, c'est Maman qui vient de rentrer, un peu plus tôt que d'habitude. Elle se doutait bien, ces derniers temps, qu'il se passait un truc louche dans sa maison, mais là elle en a la preuve.

Léa n'a pas eu le temps de rapatrier tout le monde dans sa chambre. On ne sait pas trop si ce sont les oiseaux ou les chats qui la dérangent. Peut-être le ouistiti. À moins que ce ne soit le tatou que Tom a trouvé en rentrant de l'école. Toujours est-il que Maman n'est pas l'amie des bêtes.

— Dès demain, je fais venir quelqu'un pour nous débarrasser de tous ces animaux !

Enzo est un peu triste : il sait qu'elle mettra ses menaces à exécution.

Malgré tout, il ne peut s'empêcher de sourire en imaginant la tête que feront les employés de la fourrière quand ils découvriront Dragounet.

CHAPITRE 5

MAIS QU'ALLONS-NOUS FAIRE DE DRAGOUNET ?

Mais Maman n'appellera personne. Ce n'est plus la peine. Pendant la nuit, Dragounet a eu une petite faim. Il s'est mis à poursuivre dans toute la maison les bestioles effrayées qui ont enfin compris qu'elles devaient décamper.

Au petit matin, il n'y a plus un animal dans la maison. Plus un rideau. Plus un meuble debout de la cuisine au salon.

Cette fois, Enzo semble avoir compris. Il demande une réunion de crise....

Le hurlement le plus horrible jamais produit par un être humain vient d'être poussé par Maman. Son réveil a été rude : on dirait qu'il y a eu une guerre pendant la nuit. Pourtant, elle devrait être contente : il n'y a plus d'animaux.

Mais Enzo croit prudent de sortir par le garage et d'aller tenir cette réunion à l'extérieur, le plus loin possible de Maman.

Il attrape Dragounet et suit Tom et Léa dans la forêt toute proche.

— Il faut se dépêcher de trouver une solution, nous allons être en retard à l'école sinon ! se lamente Enzo. Mais, j'y pense, si on rapportait Dragounet à son propriétaire ? La maison se trouve tout près, dans la prochaine clairière !

— C'est vrai, enchaîne Léa, mais cela m'étonnerait beaucoup que l'on trouve quelqu'un : cette maison est à l'abandon, souviens-toi.

Après concertation, ils décident d'y aller quand même et de voir une fois sur place.

Sauf... qu'ils n'y parviennent jamais ! Après cinquante tours et détours, la maison reste introuvable. Ils ont beau fouiller toutes les clairières (cette forêt n'est pas si grande, on en a vite fait le tour), ils ne voient rien d'autre que l'herbe qui verdoie et le soleil qui poudroie.

— Il faut trouver un plan B !

— Un plan, tout simplement, corrige Léa. On n'avait pas vraiment de plan A...

— Moi j'ai bien une idée, dit Enzo. Il suffit d'envoyer Dragounet assez loin pour qu'il ne puisse plus faire de mal à personne et que personne non plus ne puisse lui faire de mal. C'est pourquoi je voudrais que Léa lui explique qu'il doit partir... dans la Cordillère des Andes par exemple ! Ce serait bien pour lui, non ?

Léa passe un bon moment à expliquer les choses à Dragounet. Il est très lent à comprendre, parce que bon... les dragons, on dira ce qu'on voudra, ça reste de gros lézards idiots.

Mais il finit par avouer qu'il est un peu à l'étroit à la maison et qu'il rêve de grands espaces.

— Il est d'accord pour partir ! Par contre, il n'a aucune idée de là où se trouve la Cordillère des Andes. Tom, tu veux bien l'emmener ?
— Non ! s'écrie Enzo. C'est mon ami, c'est moi qui l'accompagnerai.

Et Enzo, tel un chevalier, prend place sur le dos de Dragounet.

Tom l'arrête :

— Attends ! Prends les bottes ! Elles te seront bien utiles pour revenir...

Enzo attrape la paire de bottes, fait un signe de tête en guise de remerciement et le dragon s'élève, majestueux, dans le jour naissant.

Enzo sait bien qu'il aurait dû demander à son frère quelques conseils d'utilisation, mais cela aurait été dommage de casser la beauté d'une scène pareille.

Une vraie scène de cinéma.

— Qu'est-ce qu'on fait pendant ce temps ? demande Tom.
— Allons à l'école, répond Léa. Nous dirons qu'Enzo est malade et nous en profiterons pour te réinscrire. Sauf si tu préfères suivre toute ta scolarité à Mexico.

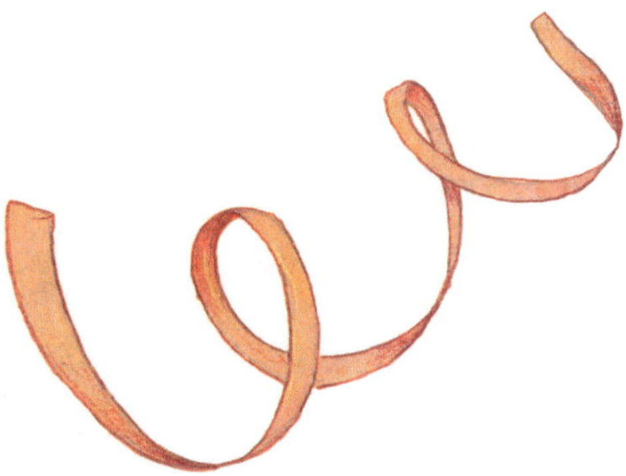

ÉPILOGUE

Quand Enzo rentre, il est couvert de neige et claque des dents.
Il est près de dix-huit heures, Léa s'est inquiétée, Tom pas tellement : il sait bien que les bottes finissent toujours par rentrer.

Enzo rapporte plein de souvenirs de son périple : un bol chantant tibétain, un didgeridoo aborigène, un masque africain et... un caméléon ?
— Pour compenser ! Il est inoffensif, mange des insectes et... bien déguisé, on peut le prendre pour un chat !

Léa lève les yeux au ciel et Enzo déclare soudain :

— J'ai abandonné mon petit Dragounet chéri…

— Tu ne crois pas que tu en fais un peu trop, là ? demande Tom.

— … je trouve que vous aussi devriez vous débarrasser de vos objets magiques. Nous n'avons eu que des ennuis avec eux.

— C'est vrai, reconnaît Léa.

Après mûre réflexion, il est convenu que les bottes et le livre seront enterrés dans le jardin, au pied du cerisier.

— Pas trop loin, quoi, juste au cas où…

— Au cas où quoi ?

— Où ton caméléon serait un dragon de Komodo !

La Poule qui pond édition, 2018, Clermont-Ferrand.

ISBN : 979-10-93853-29-1

Loi n°49-959 du 16 juillet 1949 sur les publications destinées à la jeunesse, modifiée par la loi n°2011-525 du 17 mai 2011.

Dépôt légal : juillet 2018

3e tirage achevé d'imprimer par Publikum d.o.o (EU-RS) en juillet 2021.

Édité avec l'aide de La Région Auvergne-Rhône-Alpes